SINGULARIDAD

SINGULARIDAD

Título original: *Singularidad*
Autora: © Crealis (Marca registrada en Perú ®)
Crealis (seudónimo de Giovanna Natalia Gomez Pacci)

Editora:
Giovanna Natalia Gomez Pacci
Urb. Santa María de Surco Mz D8 Lt 14
Lima, Lima 15054
Perú

Diseño de portada: Cynthia Lorenzon
Ilustración: Cynthia Lorenzon, basada en original de Crealis
Maquetación: Crealis
Corrección: Stuart Flores
Gráficos: vecteezy.com

Impreso por: Amazon Digital Services LLC
410 Terry Avenue North
Seattle, WA 98109
United States

Primera edición: Septiembre 2024
ISBN: 978-612-00-9657-4
Hecho el Depósito Legal en la Biblioteca Nacional del Perú N° 2024-04860
Impresión bajo demanda
Tiraje: 50 ejemplares

A la magia presente en la realidad

«No todos los que vagan están perdidos».

— J. R. R. Tolkien

NOTA DEL AUTOR

Tienes en tus manos mi primer libro, una obra que escribí hace varios años pensando en la historia que siempre quise leer. Aunque me dediqué a los números, la literatura siempre ha tenido y siempre tendrá un lugar especial en mi corazón.

En esta breve narración, acompañarás a Teremi, una chica despreocupada que, a través de una aventura llena de fantasía y drama, aprenderá lo que es valioso en la vida.

La Singularidad es, finalmente, aquello que nos hace únicos.

AGRADECIMIENTOS

Quiero expresar mi sincero agradecimiento a ti, estimado lector, por dedicar tu tiempo a leer este libro.

ÍNDICE

UNA RETROSPECCIÓN   1

UN SEGUNDO INICIO   3

FAMILIA DE TRES   5

LAS CUATRO PALABRAS   9

CINCO PERSONAS   13

SEIS SEGUNDOS   19

SIETE DE LA NOCHE   25

OCHO PARA UNO   33

NUEVE PUNTOS   41

DÉCADAS PASADAS   51

UNA RETROSPECCIÓN

LA OSCURIDAD se extendía por los cielos aquella memorable y confusa noche, retada solo por la blanca luz de los postes. Ella vestía un conjunto *jean* azul suelto. Sus delgadas manos se apoyaban en la baranda del puentecito y sus ondulados y oscuros cabellos brillaban. Miré alrededor; estábamos solas. Dado su atormentado semblante, me fijé mejor en ella. Pese a la penumbra, noté que no tendría más de dieciséis años. Me pregunté, burlona, qué clase de problemas podría tener esa niña.

Entonces mi propia existencia vino a mi mente. Yo era una veinteañera sin rumbo en la vida que deambulaba esa noche tras haber peleado con sus padres. Pensaba en ello hasta que vi cómo la chica se subía a la baranda.

Y yo era la única que podía hacer algo. Como ella observaba sin pestañear el agua de la laguna bajo el puente, me acerqué a la niña a hurtadillas y, cuando estuve cerca, alcé mis brazos y la jalé hacia atrás. Balbuceó cuatro palabras antes de irse corriendo, desapareciendo en un instante.

Yo estaba satisfecha. No sabía el destino que tendría, pero eso ya no me incumbía. La había salvado de la muerte una vez. No sé si habrá sido por haber hecho algo útil, pero me animé a volver a casa en ese mismo momento. Mucho más tarde comprendí que aquella noche no fui yo quien salvó a esa chica, sino que fue ella quien me salvó.

UN SEGUNDO INICIO

CREO QUE no me he presentado como se debe. Me llamo Teremi. Es la única parte de mi nombre que necesitan saber. Metro sesenta de estatura. Piel trigueña. Cabellos largos, lacios y castaños oscuros, teñidos de castaño claro. Delgada. Llevo veinticuatro años en esta tierra y veinte de ellos no fueron casi de ningún provecho. Al acabar la escuela, no me propuse estudiar ni trabajar como los demás. No me dedicaba más que a divertirme la mayor parte del tiempo y a veces de las peores maneras posibles, las cuales ni quiero molestarme en describir. Por eso mantenía tantas discusiones con mis padres por aquellos días. No es que me guste contar toda mi vida, pero me vi en la necesidad de aclarar esto. Según relaté en la última línea del anterior capítulo, esa noche yo no pude haber sabido lo que ese encuentro significaría para mí. Primero que nada, discúlpenme por eso. Fue demasiado trillado. Ya no cometeré esas exageraciones.

Aquella noche, siete de agosto, yo había discutido airadamente con mis padres. Fue una de esas peleas en las que me daban ganas de recoger mis cosas e irme de casa, a donde sea que una chica todavía dependiente de sus padres podía pasar la noche. Quizás a la casa de una amiga o a un hotel. No importaba. Esa noche me encontré con los suficientes ánimos e impulsividad para hacerlo, pero la cuestión quedó a medias. En efecto, recogí un poco de dinero y de ropa y acomodé todo dentro de una maleta de mano. Sin embargo, en cuanto hube cerrado el seguro metálico de la maleta y me quedé contemplando el brillo producido por la luz blanca de mi cuarto, algo dentro de mí sintió que lo que estaba por hacer no estaba bien. Puedo imaginar el rostro que puse, dibujando una síntesis perfecta de confusión, temor y enojo. Las dos primeras emociones me decían que me quedara, pero la última fue lo suficientemente intensa como para hacerme salir de todas maneras. Una vez fuera, las dos primeras le empataron a la tercera, y, aprovechando que ya había salido, opté por ir a donde iba siempre que necesitaba relajarme.

Hacía bastante viento, el cual traspasaba mi vestimenta como si no existiese. Mi camiseta y mi chaleco blancos y mi falda guinda de corte diagonal parecían imaginarios. Mis botas blancas y largas de plástico no me calentaban las piernas. La iluminación era escasa, propiciando cualquier actividad delincuencial, pero conocía muy bien mi zona y me sentía segura. Me abracé a mí misma para calentarme un poco mientras caminaba contra el viento. Mi intención era llegar hasta el puentecito recto y quedarme un rato allí, observando mi reflejo en la laguna circular. Era lo que hacía cada vez que requería pensar en algo importante, aunque nadie lo sabía.

El puente no se diferenciaba de los muchos otros de mi ciudad, pero tenía algo que lo hacía especial para mí: la atmósfera calmante a su alrededor. Contribuía a eso la existencia de una pequeña planta con flores que se enredaba a una de las columnas del puentecito, con su correspondiente aroma, y el estilo europeo y antiguo de algunas casas aledañas. Por allí solía soplar viento fresco y, si cerraba los ojos, podía imaginarme surcando los cielos de un mundo inundado de vegetación. Y, déjenme repetir, nadie sabía de estos pensamientos míos. Mis padres no comprendían casi nada sobre mí y mis amigos solo eran conocidos, pero en esa época tenía nociones muy equivocadas respecto a muchas cosas. Con suerte pude ir cambiando algunas.

FAMILIA DE TRES

ENTONCES LA vi, arrimada a las barandas de mi pequeño puente. La chica era muy joven y parecía angustiada, pero solo cuando empezó a subir la baranda me conmoví lo suficiente como para salir de mi burbuja. Era la típica escena de suicidio desde un puente, aunque aquel en particular estuviera apenas a tres metros de altura de la laguna. Tuve la sensación de que había llegado justo a tiempo. Al minuto siguiente después de haberla jalado, ella balbuceó algo ininteligible y se marchó corriendo. Yo no llegué a decir nada. Mi mente era un lío, un nudo hecho de hilos de emociones muy diferentes entre sí. Sentía que había hecho algo importante y estaba contenta por ello, pero la chica había intentado suicidarse. Debía correr tras ella. No, eso ya no me concernía. No sabía nada de ella, no la conocía.

Aquella sensación me animó lo suficiente para regresar a mi casa, como si la pelea no hubiera sucedido. La discusión con mis padres y el enojo que eso me produjo quedaron en un segundo plano. A continuación, llegaría a mi casa, iría a mi habitación y desharía mi maleta. Si me encontraba con ellos, estaba dispuesta a disculparme y a, quizá, compartirles lo que me acababa de pasar. Era una emoción que no había sentido en mucho tiempo, el entusiasmo ante algo. Casi sin darme cuenta, mis labios formaron una sonrisa ligera. Las personas a mi alrededor, vecinos a quienes conocía de vista, se quedaron mirándome. Nadie me dijo nada y supuse que se preguntaban sobre la razón de mi sonrisa. Lamentablemente,

no podía estar más equivocada. Cuando entré a la calle en la que se ubicaba mi casa, vi a mucha gente de pie, hablando entre sí de forma exaltada. Aceleré mis pasos y después de unos segundos lo vi. Mi casa se estaba quemando.

Inspiré y exhalé aire repetidas veces antes de reaccionar. Mi cuerpo estaba controlándose solo, mi mente estaba absorbida por el horror. Retrocedí un par de pasos. El fuego lo estaba consumiendo todo e incluso me parecía que cada vez se hacía más fuerte. Mi corazón saltó en cuanto pensé en mis padres, mi única familia.

Habían pasado unos segundos llenos de pensamientos tétricos cuando alguien me tocó el hombro. Mi cuerpo se giró y mi ojo izquierdo enfocó la cara de mi madre, Luciana. Ella era físicamente muy parecida a mí, solo que vestía atuendos mucho más serios, era una ejecutiva gordita de cabellos negros. Mi boca lanzó un chillido tenue y mis brazos la apretaron con fuerza. «Hija» fue la palabra que percibí con mi oído izquierdo. Su voz no mostró terror ni enfado, como esperaba que sucediera. Solo cariño. Fue eso lo que trajo a mi mente de vuelta.

—Salimos a buscarte un par de minutos después de que te fueras, Tere —me dijo, mientras sus brazos me rodeaban con fuerza—. Creímos que fuimos duros contigo. Y… unos segundos después de salir, algo explotó dentro de la casa.

Vi la silueta de mi padre, Albert, acercarse a nosotras. Era un sujeto alto, de tez clara y de barba y cabellos grises que había dedicado su vida a la investigación. Nos abrazó también. Una hora después seguíamos en la misma posición.

Amanecimos la mañana siguiente en un hotel de la zona. Apenas hablamos durante todo ese tiempo. Habíamos tenido mucha suerte de que nadie se encontrara en la casa en el momento

de la explosión. Sin embargo, yo seguía horrorizada. Tenía ganas de decir muchas cosas, pero mi cuerpo no hacía otra cosa que tiritar. Supuse que a mis padres les pasaba lo mismo que a mí y que por eso no pudimos conversar sobre nada durante toda la noche y la madrugada.

Fui hasta la ventana de nuestro cuarto y la encontré llena de gotas de lluvia. La pista de la calle estaba inundada. Al parecer, la lluvia había cesado hacía poco. Abrí la ventana deslizándola hacia la derecha. Con el dedo índice de mi mano derecha toqué una gota y me quedé contemplándola. Era agua limpia. Era raro que hubiese una lluvia como esa en mi ciudad. Y fue mucha coincidencia que hubiese ocurrido la noche del incendio, como si la misma tierra hubiese querido desaparecer el fuego.

—¿En qué piensas? —me preguntó mi madre—. Puedes contar conmigo, ya sabes.

Suspiré. Normalmente yo habría exteriorizado mis reflexiones, pero, dadas las circunstancias, decidí quedármelas para mí misma.

Hasta ese momento, me había olvidado por completo de la joven del puente y de la discusión de la noche anterior, así como de mis intenciones de irme de casa y pasar la noche en otro sitio. Bueno, eso último llegó a suceder. Había obtenido lo que quería. Me llenó un sentimiento de culpa.

—Lo lamento —dije, con un hilo de voz.

Mis padres detuvieron lo que estaban haciendo y se giraron para mirarme.

LAS CUATRO PALABRAS

—NO DEBÍ portarme así anoche —continué—. Discúlpenme. Solo soy una carga. Me sentía tan invulnerable, tan cómoda en mi pequeño mundo. Recién ahora veo que no es así…

—Discúlpanos también a nosotros. Te dejamos sola durante demasiado tiempo… —me dijo mi padre, cabizbajo.

Lo que decía era cierto. Cuando era una niña pequeña, ellos se iban a trabajar todo el día, dejándome con una niñera, hasta que cumplí once años y empezaron a dejarme con la empleada. Mis guías de vida eran los consejos de mis amigas de la escuela y las series de televisión. De hecho, yo aprovechaba las largas ausencias de mis padres para traer a mis amigas y hacer fiestas, e incluso sobornaba a la empleada para que nos les contara nada. Durante mi último año de escuela salía de la casa para ir con mis amigos a beber alcohol. Fui un poco adicta a ello durante unos dos años, hasta que me propuse superarlo poco a poco. Por supuesto, mis padres no sabían nada de eso.

—Vayamos a desayunar —propuse, un poco más animada.

Fuimos a la cafetería del hotel. Me sentí incómoda y recordé por qué me había distanciado de ellos. Eran prácticamente unos extraños amigables y no sabía de qué hablarles. ¿Qué podían tener en común una ejecutiva, un investigador científico y una desempleada que ni siquiera había estudiado nada? Dejé que ellos se me adelantaran y saqué mi teléfono. Nadie me había llamado.

Ella se sentía como la personificación de un recuerdo de la infancia que ha sido olvidado. La chica de cabellos largos y negros, piel pálida, labios pequeños y ojos grandes. Su nítida imagen se había quedado grabada con fuego en mi mente. Por eso, cuando vi la misma figura sentada en una mesa alejada en la cafetería del hotel, parpadeé y me sobé los ojos repetidas veces, pues creí que mi mente me estaba engañando. Pero ella seguía allí. Sentada, sola, con su mismo conjunto *jean*. No apartaba la vista de mí. Cuando ella notó que yo me había dado cuenta de que me miraba, se levantó y salió de la cafetería con pasos rápidos.

Me quedé viendo su espalda mientras ella caminaba. Como si hubiese sido un acto reflejo, corrí hasta la mesa donde había estado. Había un papel blanco del tamaño de media hoja, con dos palabras escritas a mano y en tinta roja como la sangre fresca, y con un estilo extraño, estrambótico.

Lo siento

Leer eso me confundió. Mis padres me alcanzaron. Mi padre se quedó viendo la nota con desconcierto.

—¿Qué es esto, hija? —dijo.

Yo me pregunté lo mismo. ¿A qué se refería? Mi impulsividad volvió a salir a flote y fui corriendo por donde la chica se había ido. Y si… ¿Y si ella hubiera provocado el accidente de alguna manera, y era por eso que se disculpaba? Y, además, ¿cómo me había encontrado?

Era una locura, lo sé, pero en esos momentos, el día después del incendio, no estaba en mis cabales. Corrí lo más rápido que pude. Una vez en el pasillo le di el mando a la suerte y fui por el lado derecho. Ahí la vi, doblando la esquina.

—¡Oye! —grité.

Llegué al final del pasillo y doblé la esquina que ella acababa de pasar. Me la encontré cara a cara. Ella se había detenido y me miraba con una leve intranquilidad.

—Es suficiente —me soltó—. Basta.

La chica había tartamudeado un poco, como si le costara hablar.

—Quería saber por qué me dejaste esta nota y cómo me encontraste —le dije, tratando de no sonar exigente.

—¿No escuchaste lo que dije ayer? —enunció ella—. Pregunté «¿Qué rayos has hecho?». El incendio… es una maldición.

Oír la palabra «incendio» me erizó los cabellos. ¿De modo que mis pensamientos locos eran ciertos? ¿Entonces ella era la culpable? ¿Y cómo que era una maldición?

—¿Maldición? —repetí yo, atontada.

—Desde siempre —balbuceó ella—. No debo hablarte más.

Se dio media vuelta y empezó a marchar nuevamente.

—Entonces tú… ¿Tú hiciste que mi casa se quemara? —le pregunté, en un susurro—. Que hiciste ¿qué? —le solté, con enojo.

La chica tragó saliva. Sus ojos lucían vidriosos. Se fue corriendo, desapareciendo de mi vista. Noté que algo se le había caído. Era un papel blanco, con los bordes desgastados, doblado en cuatro. Iba a llamarla para devolvérselo, pero oí las voces de mis padres llamándome y recordé lo que me había dicho sobre mi casa. Guardé el papel en el bolsillo de mi chaleco y me encaminé hacia ellos.

Me olvidé del papel en lo restante del día, aunque seguí enojada y pensativa. Desayuné con mis padres y luego ellos me hablaron del seguro de la casa y del tiempo que tardarían en reconstruir lo que se había quemado, que no era poco, y que hasta entonces

la casa no era habitable. Me dijeron que mientras tanto nos hospedaríamos en un hotel económico por el centro de la ciudad, y que ellos debían seguir trabajando y retomarían sus actividades laborales dentro de unos días. Después fuimos a comprarnos ropa y algunos electrodomésticos pequeños, lo que nos tomó toda la tarde. Pensé en hablarles sobre la chica, pero no encontraba el mejor momento. A lo mejor, ella simplemente estaba loca.

Después de tomar lonche en la cafetería, saqué el teléfono del bolsillo del chaleco mientras me sentaba en mi cama. La luz blanca de la habitación me fastidiaba un poco la vista. Mi mamá estaba a unos metros de mí, usando el baño para acicalarse. Nadie me había llamado ni mandado mensajes en todo el día, y esto me incomodó. Me conecté al wifi del hotel y vi cientos de notificaciones.

«Tere, Tere», decía una amiga mía en nuestra conversación. «No viniste hoy a mi casa, como acordamos».

Esperé a que escribiera algo más y no lo hizo. Eso me desanimó y dejé el teléfono a un lado. Me quité el chaleco y lo abandoné sobre mi cama. También me quité las botas. Me tumbé boca arriba sobre la cama y me acaricié la barbilla.

CINCO PERSONAS

—TU CHALECO está sucio —dijo mi madre saliendo del baño—. Sácale todas las cosas para ponerlo a lavar.

Lo hice sin levantarme de la cama. Saqué un par de monedas, un pedazo de papel higiénico y un extraño papel blanco doblado en cuatro mientras mi mamá se cepillaba el cabello.

Puse el papelito sobre la cama, cerca de mi rostro. Mi mamá me miró un par de segundos, agarró mi chaleco y se fue de nuevo al baño. Como quien no quiere la cosa, desdoblé el papel. Las letras estaban escritas con una tinta roja más oscura que la del papel anterior. La caligrafía que usó en esta ocasión era corrida y cursiva: una escritura convencional de una chica.

Y leí en mi mente:

Se halló mi venida al mundo ligada a copiosas desgracias
a todo aquel que un tiempo conmigo comparta.
Encontró el mal del rey a quien de mi cuidara con ansias.
No esperaron mucho para que de esta vida parta.
Chocó la muerte con quienes más habría de estimar,
mientras me llevaban a nuestro futuro hogar.
No mejor suerte tuvieron los padres de mi padre,
quienes llevan en el hospital desde nuestra primera tarde.
Los niños de mi centro tuvieron diferentes destinos.
Ninguno fue bueno, es lo que en el diario miro.

Así fue, que en la soledad me interné.
Y así será, y mientras tanto mi fin no temeré.

Al terminar la última línea, achiné mis ojos. Mi cara mostraba confusión. Mi cerebro, un par de segundos después, creyó que todo se trataba de una ridícula broma y mis labios formaron una sonrisa marcada. Justo en ese instante mi madre se giró para verme.

—¿Qué es tan gracioso?

Mi madre llegó desde el baño vestida con su nuevo pijama, sonriéndome. Era extraño que las dos tuviéramos un momento como ese apenas un día después de la tragedia.

—No, no es gracioso —le respondí, atolondradamente—. Es solo que… —Me paré y le mostré el poema, colocándolo frente a ella—. ¿Maldiciones? Pff. ¿Quién se puede creer eso? ¿Verdad?

—No, claro que no —me replicó mi madre, frunciendo el ceño—. ¿Y para qué me muestras esta hoja?

Decidí que ese era un buen momento para hablarle sobre la chica del puente.

—Porque aquí hay un poema sobre maldiciones —expliqué pacientemente—. ¿No lo ves? —Volteé el papel para verlo yo misma.

¡Cuál sería mi estupefacción al observar el pedazo de papel! De las letras rojas que había visto hacía unos instantes no había ni el menor rastro. El papel estaba en blanco. Lo volteé y miré desde todos los ángulos en vano.

—Creo que estás muy cansada, cariño. Ha sido un día muy largo. —Mi madre levantó las sábanas de su cama y se acostó en ella, echándose de costado—: Duerme. Buenas noches.

Mi madre cerró los ojos. Ella era una persona que se dormía fácilmente, por lo que era posible que ya estuviese en la primera fase del sueño. Pero era muy temprano para dormir, así que me eché en la cama y me puse a pensar en lo que había visto. Observé el papel más veces de las que podría contar. Y una y otra vez vi solo la blancura del papel. Incluso, aprovechando que la luz del cuarto seguía encendida porque aún no llegaba mi padre, lo observé a contraluz unas cuantas ocasiones más. Nada. Oí el giro del cerrojo de la puerta y oculté el papel debajo de mi cabeza.

—Ya duerme, Tere —me dijo mi padre, al verme—. Mañana nos levantaremos temprano para irnos al otro hotel.

—De acuerdo —le respondí, sin pensar.

Mi padre me miró extrañado. Yo intuí que era porque yo no solía responder sin quejarme de algún modo. Al menos, no desde hacía cinco años.

No pude dormir esa noche y no era por el frío de agosto ni por la reciente tragedia. Mi subconsciente seguía preguntándose sobre el papel que me entregó la chiquilla, y hasta me sorprendí a mí misma acariciándolo cada cierto tiempo. Asimismo, me esforzaba en evocar el poema que había leído y, al no poder recordarlo con exactitud, sentí la inexplicable necesidad de escribirlo para no olvidarlo más. Hallé un lapicero en la mesita de noche y, al no encontrar otro papel, porque no quería usar el mismo papel de la chica, utilicé la palma de la mano.

Al verlo escrito, mi parte más racional despertó y se preguntó por qué lo había hecho. Supuse que fue por curiosidad, al ver un hecho sin explicación aparente. Además, tampoco había muchas cosas en las que ocupar mi mente. Entonces pensé en el contenido del poema. ¿Una maldición al nacer? Me reí por dentro. Recordé el papel en blanco. Ya no supe qué pensar.

Intenté olvidarme de todo eso y revisé mi celular para ver lo que me habían escrito mis amigos. En los chats grupales nadie había preguntado por mí. En lugar de eso, hablaban sobre cuál sería la próxima reunión. Me enojaba que nadie hubiese preguntado por mí. Llevaba años saliendo con ellos. A los quince minutos apagué mi teléfono.

Mi padre nos despertó a mi mamá y a mí a las seis. Alistamos nuestras cosas en un par de horas y dejamos todo listo antes de bajar a desayunar. Yo fui la última en bajar. Me demoré arreglándome el cabello como casi siempre lo hacía, desde pequeña.

Lo explicaré. No sé si alguien me lo habrá enseñado o si lo vi en alguna parte, pero desde que tenía unos nueve años me había acostumbrado a hacerme una cola alta, hacia un lado o hacia el otro, de acuerdo al talante con el que me despertaba. Si amanecía de buen humor, me lo amarraba hacia la derecha, y, caso contrario, hacia la izquierda. Nunca había intermedios para mí, por lo que era perfecto. Y en todos esos catorce años que transcurrieron luego, solo le expliqué de esta costumbre mía a cinco personas, a todas las que me preguntaron sobre mi peinado. Mi madre y cuatro compañeras del colegio de primaria muy unidas a mí, de quienes no sabía ya nada por cosas del destino. Después, ya sea en la secundaria o en la época de vagancia absoluta, quizás nadie se interesó en mí lo suficiente.

Mientras terminaba de acomodar mi peinado hacia la izquierda, alguien tocó el timbre de la puerta. Una voz masculina y juvenil me dijo que era del servicio de limpieza, y lo dejé pasar. Él ingresó con un carrito lleno de objetos de limpieza, vestido con ropa de personal de servicio, blanca. Era trigueño, de altura media, complexión delgada y de cara cuadrada. Allí donde terminaba la gorra se podía ver que tenía los cabellos oscuros y cortados como césped.

Cuando vi su rostro, aventuré que sería un poco mayor que yo. Quizás contribuía a eso su barba negra e incipiente.

—Disculpe si la incomodo. Me pregunto si usted habrá visto a una chica que tiene más o menos su talla, de cabellos negros y ondulados —me soltó el hombre.

—¿Por qué la pregunta? —inquirí yo, por inercia.

—Causó algunos problemas en el hotel y no la pueden localizar —me replicó—. Llevo preguntando a todos los clientes. Bueno. Que tenga un buen día.

Me despedí de él dándole a entender que no había visto nada. Había tenido otra sensación extraña, como la que percibí cuando observé el brillo de la maleta el día del incendio, la cual me parecía ya una escena distante. Era una premonición de que el joven que tenía enfrente no era de fiar. Me quedé reflexionando sobre eso mientras tomaba el desayuno con mis padres.

SEIS SEGUNDOS

DE PRONTO, me quedé inmóvil. Detrás de mi madre, recostado en la pared de un pasillo, estaba el joven de limpieza mirándome fijamente. Indignada, me paré y me acerqué a él. En ese momento me pareció un horripilante acosador.

—Oiga —le dije, en tono de reclamo—. Si lo vuelvo a pillar viéndome, llamo a la policía —le aclaré.

Él bajó la cabeza y desapareció de mi campo visual. Alrededor de una hora después, salimos del hotel por la puerta principal con todas nuestras cosas guardadas en nuevas maletas. Pasando por allí vi a una chica del personal de limpieza y se me ocurrió preguntarle sobre la joven, de paso que conversaba con alguien fuera de la familia.

—Buenas —la saludé, cortésmente—, ¿y hallaron a la chica a la que no encontraban en el hotel?

—Ah, no lo sé. Nosotros, el personal de limpieza, ¿por qué lo sabríamos en primer lugar? Eso le compete al personal de seguridad.

Era un buen punto en el que no había pensado. Le di las gracias parcamente, acariciándome la boca. El joven que había visto era un mentiroso y buscaba a la chica de cabellos ondulados. ¿Sería algún amigo suyo? Pero, de acuerdo con el poema que ya se estaba borrando de mi mano, en ese caso el joven ya debía haber encontrado alguna desgracia, y sin embargo se veía demasiado jovial. Eso me dejaba con una sola alternativa. El joven perseguía a la chica, con algún oscuro propósito. Y quizás me siguió porque me vio junto a ella, ya sea en el puente o en el hotel.

Sea como fuera, todo me comenzaba a envolver demasiado. No conocía a esa chica y no quería tener más problemas. Con paso firme me alejé del hotel, directo hacia el taxi que nos esperaba. Mis padres tenían aspecto de querer hacerme muchas preguntas, sin atreverse a hacérmelas.

No obstante, cuando estuvimos ya a punto de abordar el taxi para ir al nuevo hotel, vi a la chica de cabellos ondulados parada en uno de los caminos del parquecito solitario frente al hotel, mirándome. Traía una manta verde de lana encima de su casaca *jean*. Al verla desde la distancia, su mirada me recordó a una de mis cuatro amigas de primaria, llamada Gracia. Era una sensación que no había vuelto a sentir desde…

En un instante de remordimiento, decidí advertirle sobre el joven que la estaba buscando y con eso acabaría todo. Dejando atónitos a mis padres, me alejé del taxi y caminé hasta el parquecito. Ella no se movió ni un centímetro.

—Oye —le dije, aspirando y espirando aire debido a la caminata—. Un tipo en el hotel te busca. Creo que es para algo malo.

Ella no se inmutó ante lo que le dije, y eso me sorprendió. Serena, sacó un papelito blanco de la casaca y me lo mostró.

«Me llamo Allyt», decía el papel, con una caligrafía en tinta azul. «Yo traje la lluvia».

¿Traer la lluvia? Fruncí el ceño, cruzando los brazos. El nombre de la chica me parecía curioso y extravagante. Me recordó a la historia de mi propio nombre.

Provenía de mi familia paterna. El padre de mi padre, en su juventud, solía crear cuentos de fantasía para niños en sus ratos libres, como un pasatiempo. Cuando nació mi padre, mi abuelo no desaprovechó la oportunidad y cada noche le contaba uno. Mi padre nunca se aburrió de ellos y los escuchó con avidez hasta los diez años.

Teremi era el nombre de su personaje favorito. Una niña intrépida e indagadora que salía de su vecindario gris y muerto, en su decadente ciudad, hacia lugares llenos de paisajes verdes, a los que con su imaginación convertía en reinos llenos de criaturas que no existían en este mundo. De esa manera, hasta el campo más llano que podía encontrar se hacía rico en diversidad. A veces intentó hablar sobre ello a otras personas, incluyendo a sus padres, pero cada vez su intento resultaba infructífero. Su sueño era hacer realidad esa diversidad: convertir las grises calles de esa ciudad en parajes llenos de vegetación. Lamentablemente murió siendo joven todavía, debido a un accidente en una de sus aventuras.

—Pa', qué feo cuento —le dije cuando me lo contó la primera vez—. ¿Cómo que muere?

Mi papá solo se rio, creo que de nerviosismo.

Entre ese nombre y Sandra, la propuesta de mi madre, ganó el primero por obvias razones y me alegra que fuera así. Me parecía que, de alguna manera, me habían dado algo más con ese nombre; un poco del propio personaje. Aunque nunca me consideré intrépida ni indagadora, tenía el mismo gusto por los paisajes naturales. Me llenaban de calma.

La chica entonces levantó el brazo, señalándome algo cerca del hotel. Me volteé y vi en esa dirección. Ahí, detrás de una ventana del tercer piso, estaba el chico de limpieza, sonriendo maliciosamente. La cólera que sentí era inmensurable.

Escuché el batir de unas grandes alas, y alcé mi mentón. Posadas sobre la cornisa de la azotea, yacían unas grandes criaturas aladas y desconocidas. Eran un par de especímenes negros con enormes alas de murciélago, de un metro y medio de alto, envueltos en un aura negra. Quise verlos mejor, pero fui incapaz. Mis defectuosos ojos no me ayudaban. En mi cabeza se formó una sola palabra: Demonios.

Corrí hacia el taxi, gritándole al chofer para que acelerara. Ya estaba por cerrar la puerta del vehículo cuando mis ojos se toparon con la chica. Ella ni se había movido. Había colocado sus manos cerradas contra su pecho y, con una expresión vacía de toda emoción, miraba a lo que sea que fuesen esas criaturas, como dándose por vencida.

Toda la preocupación que no había sentido en diez años se juntó en mi corazón y explotó. Aunque esa chica fuese una extraña, sentí que si no la ayudaba me iba a arrepentir. Abrí de nuevo la puerta y la jalé del brazo, haciendo que suba antes de mí.

—¡Apresúrate! —grité. Luego me volví al taxista—. Por favor, marchémonos ya.

En ese instante me di cuenta de que ni el taxista ni mis padres ni ninguna persona de la calle había visto a las criaturas. Temí por mi cordura. Cuando el taxi avanzó, mis padres me llenaron de preguntas.

—¿Y esta chica? —me preguntó mi madre.

—Es la hermana de una amiga de la secundaria —mentí, mirando hacia atrás por la ventana—. Ella vino a hablar conmigo por lo que pasó.

Respiré con alivio al ver que las criaturas no se habían movido.

—Entonces es tu amiga —intervino mi padre. Luego miró a la chica—. ¿Cómo te llamas?

La chica llamada Allyt bajó la mirada, triste.

—Seis segundos —dijo ella, con voz débil.

—¿Qué? —dijo mi padre, sonriendo—. Pregunté cómo te llamabas.

—Se llama Allyt —intervine yo, alzando la voz.

—Oh, qué lindo nombre —comentó mi madre—. Parece sacado de un cuento. Justo como el tuyo, Tere. —Miró de reojo a mi padre, con cierta burla.

—¿Qué pasa? —inquirió mi padre, molestándose un poco—. Yo creo que no tiene nada de malo llamar a un hijo como un personaje que te pareció muy bueno. Es más, incluso creo que los padres deberían dejar de dar los nombres comunes que suelen otorgar a sus hijos. ¿Luis? ¿José? ¿Ana? Todos nombres sin gracia.

Mi madre se rio, forzándose un poco. Por su parte, Allyt seguía cabizbaja. Me acerqué a ella y le intenté hacer conversación. Mi naturaleza era extrovertida.

—Oye —le susurré—, ¿qué es eso de seis segundos?, ¿por qué te quedaste parada ahí… con esas criaturas viniendo…?

Dejé de hablar en cuanto me percaté de que podía estar hablando sobre algo inexistente. Por un segundo, me imaginé en un hospital psiquiátrico, con bata blanca y sola en un cuarto, hablando con los médicos de criaturas que no existían. ¡Pero yo estaba tan segura de que sí!

—Te… te tomó seis segundos decidir… si me ibas a ayudar o no —explicó ella, en un susurro.

Seguía con la visión del manicomio en mi mente. La chica tenía la actitud de no querer hablar más, así que me di media vuelta y me puse a echar un vistazo a la ciudad, queriendo escapar de la fatídica visión. Dejé que mi vista se perdiera en el pavimento de la acera, en los rostros desconocidos de los transeúntes y en los automóviles que se movían por ahí a toda prisa.

SIETE DE LA NOCHE

CUANDO LLEGAMOS al nuevo hotel, uno más pequeño y modesto que el anterior, la jalé del brazo y la llevé conmigo hasta mi nueva habitación, con el fin de hablarle a solas de las criaturas. Mis padres tenían una habitación para ellos solos.

—Mira —le dije, extendiendo ambos brazos—, yo apenas te conozco. No tendría que haberte ayudado, pero lo hice, y…

—Te… te doy las gracias —espetó ella, haciendo un gran esfuerzo—. Siento hablar así. Por… por eso prefiero usar notas.

En ese instante dejé que mi voz hablase por sí sola.

—¿Quién eres? ¿Qué eres? ¿Qué eran esas criaturas? Y el poema…

Mientras pronunciaba las palabras saqué de mi bolsillo el papel con el poema. La chica se mostró asombrada, lo cogió de entre mis manos torpemente y pasó sus dedos por la hoja. Me quedé atónita al ver que las palabras habían vuelto a aparecer. Tuve ganas de reírme, pues cada vez veía más cerca mi futuro en el manicomio.

—¿Qué hacías con esto? Es ex… extraño —dijo ella.

Ya sin temor de parecer una demente, con plena conciencia pregunté lo que pensaba.

—¿Eres una bruja?

La visión que yo tenía de las brujas no era muy diferente de la que poseía la mayoría de la población. Una mujer vieja y de rasgos toscos, que practicaba extraños ritos relacionados a fuerzas malignas y magia oscura. Algo irreal, un mito que fue producto de un defecto humano.

No obstante, Allyt era una jovencita de aspecto inocente. Todo lo contrario a como yo imaginaba una bruja. Ella negó con la cabeza. No había burla en su gesto, solo seriedad y algo de nerviosismo.

—Yo… solo… Siempre he visto cosas extrañas… con lo que escribo…

Tartamudeando me explicó que casi siempre se comunicaba con notas debido a su excesiva timidez. Un día le surgió la idea de hacerlo mediante pequeños poemas, como los haikus. Y, al mismo tiempo, se percató de que ciertos poemas que escribía eran más que solo poemas, al ver que pasaban cosas extrañas. Cuando escribió uno sobre alguna flor, por ejemplo, se topaba con una al poco tiempo. Ya sea caminando o viéndola en alguna tienda.

—Pudo ser simple coincidencia —comenté.

—No… —Allyt se sobresaltó de un momento a otro—. Discúlpame. Me emocioné al… pensar en estar contándole esto a alguien. Adiós —dijo, girando sus talones hacia la puerta.

—¡Espera! —exclamé—. ¿Entonces no te veré más?

—No deberías —dijo ella—. Ya leíste mi poema.

Procedía a retirarse pero, cuando abrió la puerta, se topó con alguien inesperado. El mismo chico anterior, de barba incipiente, solo que ya no estaba vestido como personal de limpieza, sino como un muchacho cualquiera. De pronto, el chico electrocutó a Allyt con un aparato que traía en la mano. Ella cayó al piso,

lanzando un chillido de dolor. Yo grité, y reaccioné veloz. Me acerqué a ellos y de una patada hice que el chico soltara el aparato. Lo agarré y lo usé contra él. Allyt se levantó tambaleando y le cogió una pierna. El tipo no pudo soltarse.

—¿Quién… quién te mandó? —masculló Allyt.

—Nadie —dijo él—, pero tengo que llevarte conmigo.

Me abalancé sobre él y lo hice caer al suelo. Allyt sacó un pedazo de papel en blanco del bolsillo de su chaqueta y escribió algo, tras lo cual el joven se quedó inconsciente. Me llamó la atención lo que fuese que escribió la niña. Asomé la mirada para ver el papel.

Érase un inquieto joven,
molestoso como ninguno.
A dormir debe ponerse ya
para la paz así devolver

—Pero eso es solo un poema normal —le comenté a Allyt—. Y encima sin rima.

—Siempre son poemas normales —me explicó ella.

—¿Quieres decir que lo único que haces es escribir poemas normales y algunos de estos se vuelven realidad como… por magia? ¿Así es como trajiste la lluvia?

Allyt solo asintió con la cabeza, preocupada. Yo quise carcajear ante el chiste que me estaba contando, mas no pude. O bien las dos estábamos dementes, o bien lo que estaba pasando era real. Una parte de mí, la misma que me hacía ir al puente cerca de mi casa, me decía que era lo segundo.

—Y bueno, ¿qué hacemos con este tipo? —inquirí, caminando de un lado a otro.

Yo me refería a ver cómo lo íbamos a interrogar, pero Allyt volvió a escribir en un pedazo de papel:

Yo lo traje de cierta manera, así que me lo llevaré de cierta manera.

—Y este tipo me conoce —comenté—. ¿Cómo sé que nadie más me va a venir a buscar?

Allyt me miró triste. Sus ojos se humedecieron. Sacó otro pedazo de papel del bolsillo y escribió:

Resolveré esto. Gracias por todo lo que has hecho por mí.

Jamás nadie había sido tan agradecido conmigo. Por lo que cuando ella salió del cuarto y me encontré en soledad, sin contar al chico dormido, me vino una sensación rara. Tardé un poco en darme cuenta de que había empezado a importarme aquella peculiar chica y lo que le pasaría. Saqué mi teléfono móvil y miré mis mensajes. No había ninguno nuevo. Recordé las palabras de mi padre. «Entonces es tu amiga».

¿Dónde estaban mis amigos ahora? Hasta hacía unos días atrás no tenía casi ningún día libre porque siempre salía con ellos. Mis amigas me contaban sus experiencias con todo detalle y mis amigos me invitaban a sus fiestas. Pero ahora que por primera vez en mi vida me pasaba algo malo, ninguno se había esforzado en comunicarse conmigo.

«Hola», escribí en mi teléfono celular a una de mis mejores amigas.

«hola Tere, qué tal?», me respondió ella. «hace días que no te veo, que paso?».

Esmerándome en no perder la compostura, le conté lo que me había pasado, a grandes rasgos, con la promesa de que no se lo contaría a nadie más. Desde la pelea con mis padres hasta mi último encuentro con la chica llamada Allyt, quien supuestamente era capaz de hacer magia, y el asunto del extraño chico que la buscaba.

«que pena por lo de tu casa, Tere», escribió ella. «y sobre la chica, es solo una loca rara. ¿Magia? Qué chiste».

«Yo tampoco lo creía, pero yo vi con mis propios ojos cómo ella escribió un poema y luego este se cumplió».

«Tere, me estás asustando. ¿Te afectó mucho perder tu casa?, no sé».

«No estoy loca, sé lo que digo».

Mi amiga no me respondió más.

¿Era Allyt una loca rara? Rara sí era. Pero ya no creía que estuviera loca. Yo también vi a esas criaturas extrañas con alas de murciélago y el poema que desapareció. ¿Pero por qué los demás no los vieron? Miré mi mano y noté que el poema era casi ilegible. Ya no recordaba lo que decía la letra. Mi mente se estaba tensando mucho, por lo que la interrupción de mi madre me vino muy bien.

—Cariño, vamos a almorzar —dijo ella desde detrás de mi puerta—. ¿Estás lista?

Recordé que había un chico dormido en mi cuarto en ese instante y salí dando saltitos, dando gracias por haber guardado la llave en el chaleco.

—¿Por qué tanto apuro? Sabes que puedes confiar en mí.

—Me muero de hambre —dije, lo que no era mentira.

Eso le bastó a mi madre. Regresamos al hotel a eso de las siete de la noche, después de almorzar opíparamente y de pasar otra tarde de compras con mis padres. Aunque por fuera era la de siempre, por dentro seguía pensativa. Me vinieron ganas de desfogarme con alguien más sobre uno de los lados de la telaraña de pensamientos que tenía. Por eso seguí a mis padres a su habitación en el hotel sin que ellos se percataran. Solo cuando me acerqué lo suficiente voltearon a verme.

—Cariño —me dijo mi madre—. ¿Qué haces aquí?

—Quería hablar de algo con ustedes. Es…

Mis padres se miraron.

—¿De qué se trata? —dijo mi madre.

—Yo… la otra noche… —iniciaba yo—. La noche de la explosión yo ayudé a alguien que se iba a lanzar por un puente —solté de un tirón.

Mis padres callaron.

—Y esa persona era… Esa persona era la chica que vino con nosotros en el taxi.

—A ver, espera un momento —dijo mi padre, poniéndose severo de repente—. ¿Entonces ella es o no tu amiga?

—Ella…

Enmudecí momentáneamente.

—No. No es mi amiga. Esa chica quiso agradecerme el haberla salvado, pero ahora ya no la veré más.

—Pobre chiquilla. ¿Por qué se intentaría suicidar siendo tan joven…? —comentó mi madre—. La vi tan… tan inocente.

Al parecer, Allyt desbordaba inocencia.

—Pero nos mentiste, Teremi —continuó mi madre—. Estoy muy decepcionada.

—Yo también —dijo mi padre—. Anda a tu cuarto.

La plática había acabado. Por lo menos ya había dicho parte de lo que quería decir.

OCHO PARA UNO

AL VOLVER a mi habitación vi el borde de un pedazo de papel blanco debajo de mi puerta. Lo jalé hacia mí y leí:

No pude entrar. Te estoy esperando.

Era la inconfundible letra de Allyt. Vi su silueta acercándose hacia mí por el pasillo. Había traído unas cinco cuerdas gruesas y blancas de un metro de longitud. Sin decir nada, agarré mi llave y abrí la puerta. Allyt se me adelantó y fue hacia donde estaba el chico dormido. Le comenzó a atar las manos con una de las cuerdas.

—¿Este es tu plan? —pregunté, con sorna.

Ella no respondió. De repente, ingresó un hombre rapado de unos treinta años, bastante musculoso y alto, vestido con un bividí blanco y *jeans* azules. Su súbita aparición hizo que retrocediera un paso.

—¿Es él, niña? —preguntó el hombre, con voz grave.

Allyt lo miró y asintió, procediendo a atarle los tobillos al dormido.

—¿Disculpen? —pregunté, refiriéndome a la presencia del hombre.

—Tu hermana me dijo que me lo llevara porque te dio problemas —me dijo él.

Miré a Allyt frunciendo el ceño. Ella se irguió y se acomodó la ropa con ambas manos. Luego se dirigió a la puerta, en tanto que el hombre se agachó y levantó el cuerpo del chico y lo puso sobre su hombro.

—Adiós —me dijo Allyt, mientras pasaba por mi costado.

No percibí ninguna emoción en esa palabra. El hombre y ella se retiraron. Eran las ocho de la noche.

El resto del día y de la semana no volví a saber de ella ni del chico ni de nada relacionado a ellos. Mi mente se acostumbraba poco a poco a vivir en un hotel, encerrada la mayor parte del tiempo. Yo seguía enfadada con mis antiguos amigos y no les llamé ni escribí. Mis padres se portaron un poco más distantes conmigo los primeros dos días y luego volvieron a la normalidad, no sin antes venir hasta la puerta de mi cuarto en medio de la noche y darme una pequeña charla.

—Teremi —inició mi madre—. No estuvo bien que nos mintieras, pero lo que hiciste me enorgullece. Gracias a ti esa chica está viva ahora.

—Así es, hija. Habría que ver por qué ella tomó esa decisión. Quizás necesite ayuda psicológica —intervino mi padre.

Eso no se me había pasado por la cabeza. Ella, al parecer, había sido una persona muy solitaria a la fuerza. Quizás su timidez también fuera producto de sus traumáticas experiencias. Pero si su poema era cierto, ¿quién podría ayudarla? La persona que se acercara a ella iba a encontrar alguna desgracia.

Luego pensé en mí misma. Recién me daba cuenta de que yo, siendo la que la había salvado, no había sido alejada de ella, porque mi desgracia había sido quedarme sin casa.

Yo podía ayudarla. Además, ahora que me había separado de mis amigos y no estudiaba ni trabajaba, tenía tiempo de sobra. Al volver en mí, encontré a mis padres mirándome confundidos.

—¿Sí? —reaccioné—. Sí, creo que necesita ayuda. Pero no sé dónde estará ahora.

Me vino otro rato de lucidez y se me ocurrió ir al puente en donde la vi por primera vez. La posibilidad de encontrarla ahí era remota, pero iría allí todos los días de ser necesario.

Al día siguiente me levanté temprano y les dije a mis padres que iría a buscarla donde la vi por primera vez. Ellos me dejaron ir sin más réplica y, cuando llegué allí, obviamente no vi a nadie en el puente. Sin embargo, no desistí y fui preguntando a todos los que estaban por allí si la habían visto. Ninguno me dio respuesta afirmativa. En total, me tomé alrededor de tres horas buscándola ese día.

Repetí la búsqueda el día siguiente y el siguiente a ese. Al tercer día salí más tarde al puentecito, a eso de las siete de la noche, y me topé ni nada más ni nada menos que con la amiga con la que había platicado por la red sobre lo que me había pasado. Físicamente se veía igual a como la recordaba: mismo corte de cabello tipo hongo, misma contextura famélica y misma forma de vestir, con ropa pegada al cuerpo.

—¡Tere! ¡Qué sorpresa! —exclamó ella, al reconocerme. Se abalanzó hacia mí, como lo había hecho siempre—. ¿Cómo estás?

Recordé que me había dicho que Allyt era una rara loca, y me contuve al hablarle.

—Bien… Aquí, paseando.

—Pero si aquí no hay nada especial —me dijo ella.

—¡Sí hay! —se me salió decir—. O sea… este puente…

—¿Realmente estás afectada, no es así? —me dijo ella—. Como para que ahora te guste caminar por un puente cualquiera.

—No es cualquier puente —me limité a decir—. Es donde pasó lo que te conté.

—Oh —dijo ella—. Ya no pienses en eso. Quizás me pasé al decirte que esa chica era una loca. Exageré. Solo estaba perturbada.

Inhalé aire para no decir nada grosero. Una de las que habían sido mis mejores amigas me comenzaba a fastidiar.

—Oye, Tere —siguió ella—. Creo que necesitas relajarte un poco. Te invito a pasar la tarde en mi casa. Luego salimos a la disco en la noche, ¿qué te parece?

Decidí aceptar solo para no pasar otra tarde encerrada en mi cuarto. Cuando llegamos a su casa, me encontré con que no era la única invitada. Allí estaban algunos amigos, bebiendo cervezas sin parar y charlando sobre sucesos sin importancia. Unos cuantos balbuceaban cualquier cosa.

—¡La desaparecida! —dijo otra de mis amigas, al verme—. ¿Cómo estás?

—Sí, cuéntanos más sobre tu historia —dijo otra, embriagada—. ¿Qué pasó con la chiquilla?

Aquello hizo que me enojara de verdad. Con lágrimas de rabia miré a la amiga a la que le había contado mi historia.

—Oye, Tere —se excusó ella—, es que tu historia me pareció muy divertida. Es magia, ¿no?

Miré el suelo y alcé mi rostro, un poco más calmado. Erguí mi cuerpo y me dispuse a retirarme. Aún me salían algunas lágrimas de rabia y de tristeza. Miré mi celular. Todavía era temprano, aunque el cielo ya estaba oscureciendo. Cuando pasé por el puente, su atmósfera era muy similar a la del momento en el que vi a Allyt por primera vez.

Si hubiese estado tranquila, me habría detenido a observar la laguna por mero placer, pero como estaba triste y enojada, lo hice para reconfortarme. Cerré los ojos y me hallé en un prado lleno de flores de hojas rojas, en donde podía ver las estrellas con claridad, como si tuviese la visión perfecta. Entonces oí una voz familiar.

—Esperanzador, ¿no es cierto?

Abrí los ojos. La mismísima Allyt estaba a mi costado derecho, a unos dos metros de mí, con los brazos apoyados en la baranda del puente. Ahora llevaba puesta una capa gruesa con capucha, de color verde petróleo.

—¿Cómo…? —dejaron escapar mis labios.

—Nos hallamos aquí por pura casualidad, tal como la primera vez. Yo suelo venir aquí de vez en cuando a esta misma hora.

¿Allyt diciendo tantas oraciones seguidas sin error?

Lucía muy serena. Observé cierto rasgo de astucia en sus ojos que le permitía adelantarse a lo que iba a decirle.

—Lugares como estos hacen que me olvide de todo. Incluso de quién soy. Por eso te puedo platicar de esta manera.

—¿Lugares como estos? —repetí.

No me di cuenta de cuándo había dejado de lagrimear.

—Este lugar no es un puente cualquiera. El ambiente es diferente, lo has notado —me explicó ella—. Por eso lo había escogido como el escenario de mi final —se volvió hacia mí mientras sus ojos mostraban arrepentimiento y sus manos se entrelazaban—. Lo lamento. Fue una tremenda tontería. Estaba desesperada.

—¿Es por tu maldición, no es así? —le susurré.

—En parte, lo es —contestó ella, mirando otra vez al frente—. ¿Cómo te sentirías al saber que tienes que estar sola toda tu vida, sin ningún amigo, sin padres que estén ahí para ti, sin mascotas, porque cualquier persona o ser que se te acerque sufrirá? Es una de las peores maldiciones que existen. Por eso quiero librarme de esto, no importa cómo.

Al imaginarme la situación, no pude evitar empatizar con ella.

—Quiero ayudarte —le dije, sin rodeos, recordando de repente todo lo que había reflexionado en el hotel—. Creo que soy la única que puede hacerlo.

De pronto lucía algo nerviosa. Al verla, supe que había tomado una buena decisión al hacerle dicha proposición. Fue como si todas mis horas de desvelo hubiesen valido la pena. Sabía muy bien el riesgo que estaba corriendo, pero también sabía que mi arrepentimiento, si no lo hacía, iba a ser aún más grande.

—¿De verdad? Nunca, nunca alguien me había dicho algo como eso —siguió, sonrojándose.

Allyt había vuelto a ser la chica tímida de antes. Volvió a sacar su lapicero y otro trozo de papel del bolsillo. Debía de tener decenas ahí.

Ni siquiera sé tu nombre.

—Teremi —declaré, firme.

Qué nombre tan curioso.

—De hecho, tu nombre me hizo pensar en el mío. Nunca había visto a ninguna Allyt. ¿De dónde viene?

Sólo se le ocurrió a mi madre, a mi verdadera madre.

—El mío se le ocurrió a mi abuelo. —Recordé al chico que la había estado buscando—. ¿Qué pasó con el chico? —quise saber.

Allyt se mordió los labios y empezó a escribir varias líneas en otro papel. Le tomó alrededor de dos minutos. La primera línea decía:

Lo llevé a mi casa. No tenía otro sitio.

—¿Tenías casa? —pregunté, asombrada, aunque inmediatamente reparé en lo ofensivo que pudo resultar.

Como a mis padres adoptivos no les importo, solo les dije que era una especie de venganza y no dijeron nada. Le vendé los ojos y lo até a una silla en el sótano. Cuando despertó, intenté hacerle hablar. Me dijo que lo único que quería era ayudarme. Obviamente no le creí. Luego me dijo que era la última de ocho personas que nacieron con poderes, que todo eso procedía del alma de un demonio que se mezcló con dichas almas. Y que su labor era dar con esas personas y extraerles dicha parte demoníaca de su alma.

No quería admitirlo, pero me estaba entrando miedo. Deseé que todo fuese un sueño.

—¿Demonio? —salté, sin pensar—. Con cosas como esas prefiero no meterme, la verdad…

—Tranquila —pronunció Allyt, con voz débil, volviendo a escribir.

Yo también desearía mantenerme alejada de todo eso, pero estoy desesperada. Todos los caminos me resultan inútiles. Incluso tomé el más radical, mi propia muerte, y no resultó. No te estoy echando la culpa. Quizás el que me vieras en el puente fue lo mejor que me pudo pasar.

—Vámonos de aquí —dije, como para pensar en otra cosa—. Se hace tarde. Ven a mi habitación de hotel. Hablemos allí.

NUEVE PUNTOS

UNA HORA después, estábamos sentadas una al lado de la otra sobre mi edredón. Allyt me mostró otro pedazo de papel.

Yo no le creí del todo al chico. Es muy raro que alguien ayude a alguien que no conoce. Incluso tú, Teremi. ¿Por qué me estás ayudando? ¿Es para ocupar tu mente?

Mis labios se curvaron en una sonrisa ligera al pensar que la muchacha era más astuta de lo que yo creía.

—Mentiría si te dijera que no. Pero no sería la única que ganaría, ¿no? Quiero ayudarte a salir adelante.

Eso será difícil.

—Ya lo creo. En primer lugar, debes dejar de hacer notas. Ya sé que tú puedes hablar con claridad, ¿por qué no lo haces?

Allyt se sonrojó y se quedó mirando el suelo. Sus manos se deslizaron hasta otro pedazo de papel, pero yo fui más rápida y se las contuve.

—Por cierto, no me dijiste qué hiciste con el chico.

—No… no quiso hablar más y sigue atado en el sótano de mi casa. Me siento como una delincuente. Creo que fue tonto llevarlo a mi casa, pero ¿qué otra alternativa tenía?

—Déjamelo a mí. Yo lo haré hablar —aseguré, con convicción.

Ahora ya no me imaginaba un hospital psiquiátrico, sino un juzgado en el que el demandante era el chico desconocido, quien reclamaba haber sido secuestrado por Allyt y su amiga…

Resultó que su casa estaba como a media hora en bus. Era una casa sencilla de dos pisos, sin cochera. Sus padres no estaban a la hora en la que entramos. Ingresamos al sótano y ahí lo vimos. Estaba vendado, amordazado y atado de manos, pies y tórax a una pesada silla de metal. Se agitó al oír nuestros pasos, mascullando palabras indescifrables.

—Lo que dijo ella es verdad. ¿Quién se tomaría tales molestias para ayudar a desconocidos? —dije, con un deje de burla.

Lo miré con precaución. Me pregunté si aquel chico había sido el que había llamado a esas criaturas. Se me ocurrió una idea. Le dije a Allyt que le quite la mordaza y la venda de los ojos, y ella lo hizo. En cuanto el chico pudo vernos, examinó hasta el último detalle de ese sótano como si después tuviera que recordarlo de memoria.

—Yo ya lo sé todo, chico —dije, sin vacilación, interrumpiendo su observación—. También sé de lo que eres capaz de hacer. Podemos pactar un trato.

El chico me miró con intriga.

—Has molestado a mi compañera con esas descargas. Deberíamos actuar de manera más civilizada. A fin de cuentas, lo que quieres es lo que nosotros queremos, ¿no? Liberarnos de este demonio y vivir de manera tranquila.

El chico se quedó mudo. Parecía estar dudando entre dos ideas, ambas igual de importantes.

—De acuerdo. Necesito que la niña venga conmigo al jardín de la Tranquilidad y hacer el ritual a la hora del anochecer, mañana mismo, cuando empiece el nuevo ciclo. Es la manera que ellos hallaron para liberar esa parte demoniaca.

Lo que dijo fue tan disparatado que quise expresarlo, mas al ver la cara tan seria de Allyt me contuve.

—¿Cómo… cómo sé que realmente funciona? —tartamudeó ella—. ¿Qué es ese… jardín de la Tranquilidad? ¿Quiénes son ellos?

—Un jardín en el que nada nunca perece. Un lugar encantado hace doscientos años. Está lejos de aquí, en Inglaterra. ¿Han oído de Harold Shipman?

Allyt y yo negamos con la cabeza. Yo me estaba imaginando la conexión que podría haber entre las cosas.

—Era un médico inglés que mató a cientos de sus pacientes y que terminó ahorcándose —dijo, con cierta malicia, como si fuera un hecho cotidiano—. ¿Saben ustedes sobre la relación entre los demonios y los asesinos seriales?

Allyt y yo repetimos la negación. Yo miraba bien atenta, pues algo así jamás se me había pasado por la mente.

—Un asesino serial usualmente está ligado a un demonio, aunque la ciencia lo niegue y solo diga que están enfermos. Bueno, ciertamente lo están, pero ¿cuál es la causa real? Ellos se vuelven desquiciados por su continua presencia, lo que los hace miserables. ¿Y tú…, Allyt, seguirás ese camino? Solitaria, incapaz de hacer amigos, viendo cómo la desgracia te persigue todos los días, solo quieres que otros entiendan tu sufrimiento, del que no te puedes liberar. ¿De qué es capaz el ser humano cuando es llevado a tales extremos?

Allyt estaba asustada, no sabía qué decir ni yo tampoco. Yo sentía algo más profundo que el miedo. Con todos mis esfuerzos mantuve mi compostura.

—Allyt no es así —me apresuré a negar—. Ella nunca haría esas cosas.

—Llévame a donde sea necesario —chilló ella, demostrando mi equivocación.

Me quedé mirándola, sorprendida. Probablemente el tipo estaba en lo cierto, pero, de todos modos, había todavía muchos cabos sueltos. No cualquiera se toma la molestia de llevar a alguien tan lejos.

—¿Pretenden hacer algo con el alma del demonio? —inquirí.

—No sé. Yo solo sé lo estrictamente necesario. Son ocho personas a las que debo llevar. Ya llevé a siete. Tú eres la última.

Allyt estaba mirando el suelo. Yo también estaba conmocionada por lo que nos dijo el muchacho.

—Como decía, el jardín ya existía, desde hace mucho tiempo. Los humanos enterraron ahí a las víctimas del asesino hace unas décadas. No fue casualidad. El alma de Shipman, contaminada por un demonio, está ahí y no puede salir porque la magia del jardín la tiene prisionera, al igual que mantiene al resto de las almas que no pueden desvanecerse por la forma en que murieron. La magia, o Singularidad, como la llamamos nosotros, puesto que nos diferencia del resto, del jardín también es buena para realizar otros tipos de encarcelamientos. Pero, claro, no cualquiera puede realizarlos… Me llamo Elvan, por cierto, señoritas.

Yo seguí pensando en lo que dijo, en si creerle o no, siquiera un poquito. Lamentablemente no hubo mucho tiempo. Un par de

llaves fueron agitadas y la puerta de la casa fue abierta. Allyt cerró la puerta del sótano justo a tiempo.

—¿Cómo planeabas llevarme a Inglaterra? —preguntó Allyt.

—Aquí tengo los boletos —informó el chico, mirando en dirección a sus bolsillos.

Sin vacilar, yo se los palpé y se los quité. Eran dos boletos. Se veían auténticos. La fecha de despegue era el día siguiente en la madrugada. Era demasiado pronto como para poder planificar algo. No quería dejar a Allyt sola con ese tipo.

—Yo iré con ella —dije.

Elvan formó una mueca extraña.

—Estás loca.

El tipo giró la cabeza y miró el suelo, como esperando a que dijéramos o hiciéramos algo. Vi que Allyt volvió a escribir algo en un trozo de papel, y el chico se volvió a quedar dormido de repente.

Allyt hurgó en sus bolsillos. Entre sus manos tenía dos pasaportes, además de dos boletos. Pensé que eran de ella y del tipo, pero ella me entregó uno. Tenía mi nombre y mi foto. El boleto también tenía mi nombre.

—No… tene… mos… mucho… tiempo —susurró ella—. Hoy mismo desaparecerá.

—¿Entonces tu «magia» solo dura un día?

—Algo… así. Y… él… despertará pronto también.

—¿Y no pudiste trasladarnos hasta allá?

—No… No sé si podría hacerlo. Nunca he intentado nada semejante.

Me pregunté cómo es que alguien tan astuta como ella podía desperdiciar sus poderes de esa forma.

Intercambiamos nuestros números telefónicos. Ella anotó el mío en su cuaderno. Fui hasta mi casa lo más rápido que pude, mientras ella alistaba sus cosas.

Cuando llegué, pensé en cómo avisaría a mis padres de mi repentino viaje. Decidí dejarles una nota breve. Que me iba unos días y ya. Pensé en que no podía ser tan grave. Solo me iba a distanciar nueve mil kilómetros de ellos. Escribí la nota y me fui con mi mochila y la convicción de que al fin estaba haciendo algo con mi vida.

Cuando llegué al aeropuerto me dediqué a buscarla efusivamente, como si mi vida dependiera de ello. Vi en el panel de próximos vuelos que había uno con destino a Londres, el único a Inglaterra que había y que partía en menos de una hora. De repente alguien tocó mi hombro. Era ella. Recordé al chico y se lo pregunté.

—Oye… El tipo…

Allyt negó con la cabeza y me mostró una de sus notas.

Cuando volví al sótano ya no estaba.

Nos miramos sin saber qué hacer a continuación. Tan solo atiné a observar hacia todos lados, por si veía alguna persona que se le pareciera. Pensé en mis padres y si podría ser capaz de hacerles algo. O a los padres de Allyt. Pero no, yo sabía que debía estar buscándonos. Debía de estar cerca…

Se hizo eterna la espera. Allyt se quedó dormida en un banco, unos metros más allá de donde estaba, con un cuaderno pequeño

abierto. Supuse que usaba ese cuaderno para escribir sus poemas. Me ganó la curiosidad y vi más de cerca el par de hojas descubiertas. Parecía una lista de nombres de parques. De repente escuché una voz masculina desde detrás de mí. No había duda de que era Elvan. Su voz no expresó ningún tono, solo me estaba informando.

—Gracias por traerla. Ahora… regresa a casa.

Antes de poder voltear siquiera, sentí una presión en el tórax y mucho dolor. Allyt se despertó espantada, su rostro había palidecido. Las otras personas me miraron con horror, sin comprender a cabalidad lo que estaba pasando.

Y después sentí solo miedo. Mucho miedo. El dolor había inmovilizado mi cuerpo. Allyt temblaba demasiado mientras una sombra se acercaba a ella y la rodeaba. Las personas a mi alrededor lucían perturbadas y algunas se acercaron a ayudarme.

Cuando recuperé el conocimiento, estaba postrada en una cama de hospital. No podía moverme como yo quería, a lo mucho la cabeza y los brazos. A medida que recordaba lo que había pasado, giraba mi cabeza y miraba alrededor para saber dónde me encontraba. Tuve la respuesta pronto.

—Señorita.

Una enfermera de piel trigueña y cabello negro se acercó a mí.

—No se mueva. Tiene nueve puntos en su abdomen.

Era de día. Tenía la vista pesada. Mi mente divagaba y aún no pensaba en Allyt ni en el chico. Me toqué la herida, casi sin querer. Eran muy ásperos los puntos. A medida que los tocaba, todo se puso oscuro. Por un momento pensé que había habido un corte eléctrico, pero eso no era posible en un hospital. Además, la enfermera y todas las personas habían desaparecido. Estaba completamente sola.

Intenté permanecer tranquila, observando todo alrededor. Me palpé el cuerpo. Busqué a Allyt e incluso al chico, pero no había rastro de ellos. Después, al otro lado de mi ventana vi a una de las criaturas negras, mostrándome sus dientes, amenazante. Parecía que iba a romper el vidrio con sus garras.

Mi susto fue mayor que mi dolor y me levanté, corrí hacia fuera de la habitación, perdiéndome en los vacíos pasillos y habitaciones, yendo lo más lejos posible. Entonces escuché una voz femenina y madura, muy fuerte, como si sonara en mi cabeza.

—¿Por qué corres, Teremi? *¿No ves que quiero ayudarte?*

Me miré la ropa. Uno de mis puntos se había salido. Me pregunté quién me habría hablado… O si todo era una alucinación debido a mi estado físico. Agarré un soporte ortopédico de metal e intenté usarlo como arma. Me encerré en uno de los cuartos, que parecía un auditorio. Sin embargo, cuando por fin respiré con alivio me di cuenta de que había algo a mi costado. Era una forma blanquecina, como una mancha suspendida en el aire.

Mi corazón no podía estar más agitado. Miré por las ventanas del auditorio y vi que otra criatura, o quizás la misma, se acercaba e intentaba romper el vidrio. Otros tres de mis puntos se salieron en ese instante. El dolor empezaba a hacerse insoportable. La mancha blanquecina se hizo más grande y adoptó una forma ondeante. Pude ver que era una especie de portal. Pasé mi mano y la regresé intacta. Sentí una especie de brisa de aire del otro lado.

La puerta del auditorio empezó a ser golpeada desde fuera. Me encontraba atrapada. Puse mi brazo sobre la herida y pasé por el portal. Apenas lo hice aparecí en otro lugar, uno que había visto antes varias veces. Era el mismísimo prado que solía ver cuando iba al puente cerca de mi casa. Lo estaba viendo directamente ahora. Las nubes eran de color naranja y azul, dando a entender

que ya iba a anochecer. Curiosamente ya las había visto así en mi mente. Pero ahora sentía que era real. Mi piel sentía la caricia de la brisa. O al menos de eso me convencían mis sentidos. Decidí dar vueltas en mi eje y respirar hondo. Mi herida aún estaba ahí, pero no dolía. Pensé que había enloquecido o que había muerto.

Detrás de mí vi a un hada sin alas, de piel blanca, con el cuerpo cubierto con una hermosa túnica de seda del mismo color de sus níveos cabellos. Una corona de plata adornaba su frente. Sus ojos eran dos iris brillantes como dos ónix. Algo en su rostro me resultaba conocido, pero no podía decir qué.

Estuve maravillada hasta que el dolor reapareció. Sentía que moriría en cualquier momento debido al desangramiento. Ella chasqueó sus dedos y mi herida y el dolor desaparecieron, como si hubiera leído mi mente. Solo me quedaba una cicatriz grande en el pecho. Me quedé tiesa, con los ojos bien abiertos para no perderme de ningún detalle. Sin embargo, ella volvió a chasquear sus dedos y volví al hospital, como si nada hubiera pasado. Una enfermera estaba a mi costado, cambiando mi suero. Al ver su rostro, casi me da un ataque. Era el mismo del hada. ¿Todo había sido un sueño?

DÉCADAS PASADAS

ME QUEDÉ viéndola. Ella se dio cuenta. Al parpadear me encontré a mis padres cara a cara, mirándome preocupados. Me toqué la cicatriz, idéntica a la de mi visión, si era eso lo que había sido. Mi mente se enfocó en Allyt y en mi deseo de contarle lo extraño que me había pasado.

—Tere… —inició mi madre, triste—. ¿Por qué lo hiciste?

Estaba perpleja. ¿Hacer qué? Mi padre miraba mi herida. Alguien fuera esperaba para entrar. Tenía bata de médico y era joven todavía. Traía un sujetapapeles en la mano izquierda. Mis padres le hicieron un gesto mientras salían, y me quedé a solas con él. Cuando vi la clase de papeles que traía supe que era un psiquiatra.

Después de escuchar sus absurdas palabras, vi las noticias en la televisión de mi cuarto. Me sentía delirante: anunciaban la tragedia ocurrida en el aeropuerto y me vi a mí misma parada, de espaldas, con un cuchillo en la mano y tirada en el suelo. No se veía a Allyt por ningún lado. Me pregunté si no había enloquecido por completo y si Allyt era real siquiera. Alguien tocó la puerta con los nudillos. Apagué el televisor e hice un esfuerzo sobrehumano para sosegarme.

—Señorita… —me dijo una enfermera—, una chica quiere verla.

Suspiré aliviada al ver que Allyt era real. Su mirada era la misma de cuando la reencontré en el puente. Ella se acercó, tendiéndome un manojo de hojas. Yo me quedé muda. Quería contarle todo.

—Lee esto —me dijo, firme.

Busqué a mi médico con la vista una vez más y no lo vi. Empecé a leer.

En el aeropuerto, Elvan me agarró y desaparecimos y reaparecimos en un minibosque. Entonces supe que él era capaz de usar la Singularidad... ¿Pero por qué no la había usado antes contra nosotras?

Él me señaló una casona a lo lejos, a la que pensé que nos infiltraríamos ilegalmente, pero en cuanto llegamos nos abrieron las rejas. Los dueños de la casa, vestidos de forma casual, se despidieron de él y le dieron una bolsa pesada. La dueña de la casa me habló en español. Me dijo que confiara en ellos, que me librarían del mal que me agobiaba.

El "jardín de la Tranquilidad" es una zona rodeada de árboles altos, en cuyo centro hay una pequeña fuente. Unos siete hombres encapuchados me guiaron hasta allí y cuando llegué alguien me pegó muy fuerte con una piedra en la cabeza, y caí en la tierra. Los hombres empezaron a entonar oraciones extrañas. Alguien me cargó y reposó mi cabeza sangrante en la fuente. Otro recogió mi sangre en un recipiente y con eso trazó una figura extraña alrededor de la fuente. Yo estaba perdiendo demasiada sangre y me sentía demasiado débil. Los hombres formaron un círculo y vi una sombra a mi costado, hecha de humo. La figura en el suelo no la dejaba salir; había formado una cárcel de paredes invisibles en medio del jardín. Una mujer sacó un aparato hecho de cristal de su bolsillo, el cual empezó a aspirar el humo, hasta que este desapareció. Los hombres no dijeron nada, pero por su mirada triunfante supe que ellos habían esperado ese momento mucho tiempo.

Me desmayé. Cuando desperté, estaba en mi habitación, en mi casa. Pensé que todo había sido un sueño, así que volví a escribir el poema que uso para dormir a la gente para hacérmelo a mí misma. Y no pasó nada. Por fin me había deshecho de mi maleficio. Busqué en mi habitación para ver si los hombres me habían dejado algún mensaje. No vi nada. Pero tuve un mal presentimiento. De hecho, lo sigo teniendo.

Allyt me miró preocupada. Yo quise apoyarla y le acaricié el rostro.

—Pero se ha ido, ¿no? —musité.

Sus ojos tintinearon.

—Creo que cometí un error. Si le pasa algo a alguien… no me lo podría perdonar.

Miré el vacío, mientras el rostro de Allyt cambiaba de expresión. Me mostró otra hoja de papel.

Pronto será mi cumpleaños.

—¿Escribirías algo para mí? —me susurró, tímida—. Sería un buen regalo.

Mis padres conversaban de algo inaudible en la puerta. Un médico de cabellera gris ingresó a mi habitación, haciéndole un gesto a Allyt para que se retirara.

—Señorita, debo comentarle un asunto. Hemos encontrado algo en su hígado. —Yo estaba inexpresiva—. Es un tumor. Su familia ya lo sabe. Debemos estudiar el tejido con mayor profundidad todavía. No sería conveniente que usted abandone el hospital.

Mis padres entraron un momento después. Lo primero que hicieron fue abrazarme. Allyt permaneció recostada en el marco de la puerta. En cuanto nos quedamos solas, ella por fin habló.

—Es mi culpa.

Me apresuré en desmentirle, sin saber qué más decir. Permanecimos calladas hasta que terminó el horario de visita.

Estaba en el recreo, dando saltos sobre una figura en el suelo. El sol iluminaba mis castaños cabellos recogidos en una coleta alta hacia la derecha y las fibras de mi uniforme escolar. Yo era la primera de la fila y mis pies saltaban con una energía que no volvieron a mostrar después. Detrás de mí estaban mis cuatro amigas. La primera, de cabello y ojos negros y piel pálida, me sonreía divertida, ansiosa por empezar. Era Gracia y su nombre hacía honor a lo que era. Cada movimiento suyo tenía cierto encanto, como si quisiera empezar a bailar ballet en cualquier momento. Detrás de ella estaba Margaret, una niña de cabello castaño, de anteojos gigantescos que hacían relucir sus ojos diminutos. Ella esperaba su turno como si no quisiera que llegara nunca. Y tras ella, como si fueran hermanas siamesas, estaban Vivian y Alejandra, quienes comentaban entre ellas todo lo que veían. Parecían hermanas de verdad, pues tenían casi los mismos gustos y una apariencia muy parecida.

Yo había sonreído al verlas, pensando en lo fácil que fue unirme a su grupo cuando llegué a la escuela, dos años atrás. Era como si

hubiera magia en ellas, y ellas la hubieran reconocido también en mí. Magia…

Sin embargo, quien nos mantenía unidas era Gracia. Cuando peleábamos o nos sentíamos tristes, gracias a ella volvíamos a ser las mismas. Pero, de un día para otro, dejó de venir a clases. No nos había comentado nada a Margaret, Vivian, Alejandra ni a mí. En nuestros recreos nos mirábamos las caras, como si una cosa estuviese mal y debiéramos hacer algo.

Pero la espera por la verdad no fue muy larga. Nuestra tutora y la directora se pararon frente a nosotros en nuestro salón y nos comunicaron lo sucedido. Gracia había tenido un accidente y no había sobrevivido. Usaron palabras mucho más suaves, pero el hecho era ese y nada podía cambiarlo.

Margaret se cambió de escuela. Vivian y Alejandra se volvieron extrañas. Me uní a otro grupo de chicas del salón, uno bullicioso, que apenas hacía las tareas escolares. Y aquel fue el inicio de mis décadas de decadencia.

A mis dieciséis años, una noche fui a la casa de una amiga y me sentí mal de repente. Había tomado un par de botellas de alcohol y sentí náuseas y fatiga. Quise que alguien me acompañara, pero tuve que regresarme sola. Por suerte, solo tenía que andar unas cinco cuadras y cruzar un puentecito recto que atravesaba un lago casi por la mitad, el cual había obligado a las casas a formar un círculo alrededor de él.

Cada paso me costaba una barbaridad. Me topé con el puente y me aferré a su baranda. Mis ojos enfocaron el agua del lago y respiré hondo. Misteriosamente, al hacerlo se me fueron las náuseas y pude apreciar la maleza y las enredaderas que había por allí, luchando por vivir. El ruido de los autos era casi imperceptible. Asomé mi cabeza por la baranda y vi mi oscuro reflejo en el agua.

Me pregunté si alguna vez alguien querría tirarse del puente. El lago era diminuto y el puente tenía unos tres metros de altura.

Debía seguir caminando, pero una brisa vino y movió mis cabellos e involuntariamente cerré los ojos. Me vi en un escenario muy distinto. Estaba en un campo verde y era de noche. Algunas flores decoraban el paisaje y podía oler su fragancia. El cielo despejado, de un azul muy oscuro, lucía cercano y alcé mis brazos para tocarlo, pero solo sentí el viento. Las estrellas lucían radiantes.

Reaparecí en el puente, tambaleándome. Me incorporé y cerré los ojos de nuevo, mas no volví a tener la visión. Desistí al cuarto intento y me marché a casa. Vacilé en decirle algo a mis padres o a mis amigos, pero decidí que ese sería mi secreto, pues no lo comprenderían. Desde entonces volví al puentecito cada vez que podía, pero no siempre era capaz de tener la visión. Por más que me comía la cabeza, no daba con ningún patrón.

Me pregunté si se lo habría contado a Gracia si aún hubiera estado viva y tuve la certeza de que sí, de que, aunque se hubiera quedado muda, su silencio me habría contentado. Pronto, ese puente se convirtió en mi sitio predilecto para ir a pensar sobre lo que sea. A veces me inventaba cualquier excusa para poder ir.

Unos días después, Allyt ingresó a mi habitación con una enorme nota.

Hoy es mi cumpleaños.

Le sonreí, avergonzada por no haberlo recordado. Su petición vino a mi mente y decidí escribir nuestra historia desde el inicio.

Pasaban los días y seguía en el hospital, lo que me daba tiempo de sobra para hacerlo. El médico me dijo que debían operar el

tumor y así lo hicieron. Lamentablemente, era maligno. Parece que mi antiguo hábito de beber había traído sus consecuencias.

Mis días fueron monótonos y se sucedieron como una cadena de eventos repetitivos. Sin Allyt cerca, me aburría a menudo. Disfrutaba escribiendo, pero cuando terminaba de hacerlo, me quedaba demasiado tiempo libre. Las visitas de mis padres no me bastaban y los mensajes de Allyt tampoco. Solía incorporarme en mi cama a cualquier hora solo con el deseo de verla ingresar en cualquier momento. Creo que un par de veces soñé con eso, aunque también pude haber soñado con Gracia, dada su similitud.

Una noche, mi luz estaba apagada y me pareció ver una sombra negra en el marco de mi puerta. No creo en tópicos, pero la sombra tenía cuernos, como un diablillo. Se acercó a mí dando saltitos, hasta llegar a mi cabecera. Yo, exhausta para moverme, me quedé dormida.

En mi sueño traía trenzas en lugar de mi habitual peinado. Me sentía muy ligera, libre de dolor. Caminaba descalza por el prado verde que ya había visto antes estando en el puentecito, ataviada con un vestido viejo y holgado. El cielo estaba dorado, anunciando el inminente ocaso.

Una figura extraña se aproximaba volando. Me asusté; era uno de los «demonios» que vi junto al hotel esa vez, pero ahora lo observé mejor. Sus alas eran como las de un murciélago y no tenía cuernos. Era un dinosaurio extinto, un pterosaurio. Vi otra silueta de reojo y volteé. Era el hada. Cuando volví a girar, el pterosaurio había desaparecido.

—Debes regresar aquí —la voz del hada era suave—. Existía una aventurera muy joven llamada Teremi. Vivió muchas aventuras hasta que tuvo un accidente en una de ellas y falleció.

Conocía muy bien esa historia, debía de estar burlándose de mí.

—Esa es la historia que creó mi abuelo —le solté.

—Pasó de verdad. Esa chica fuiste tú. Tu abuelo solo escribió lo que recordó en uno de sus sueños.

—¿Soñó con el futuro? —fruncí el ceño—. Pero yo no tuve un accidente en una aventura; yo moriré de una enfermedad.

Me sorprendí a mí misma hablando de mi muerte con tanta calma. Busqué otro signo de estar soñando o alucinando. Tuve miedo de despertar y perder para siempre la oportunidad de hacer más preguntas.

—¿Entonces moriré? —adopté un tono de súplica—. Pero yo no quiero morir… No hice nada útil…

Oí unos aleteos. Otro pterosaurio volaba por el horizonte. Yo estaba estupefacta.

—Nunca se extinguieron aquí —informó el hada—. Nunca hubo humanos aquí. Los duendes, las hadas y demás criaturas vivimos en armonía con ellos. No nos atacamos.

—Si no hubo nunca humanos, entonces…

—Mira, Teremi —su rostro se tornó serio—, cada cierto tiempo y de forma acumulativa, la Singularidad forma una grieta en el espacio-tiempo. Tú quisiste descubrir el misterio de la grieta y así tu alma fue a parar a su mundo. Tu abuelo tuvo esas visiones porque yo se las di, quería que fueran una pista para ti. Tú tuviste tus visiones por tu propia cuenta. Y respecto a tu amiga Allyt, ella se topó con el lado perverso de la Singularidad. Es interesante, a fin de cuentas, cómo pudo salir algo bueno de ello. Pero pronto tendrás que despedirte de ella. Ahora es solo una humana.

Bajé la mirada. Al parpadear, volví a mi habitación de hospital. Mi sueño había sido tan raro que mi respiración se agitó y las enfermeras la escucharon. Corrieron a atenderme, preguntándome si estaba bien. Asentí, pero realmente no lo estaba. Sentía que había perdido algo de mí, como cuando algún secreto íntimo es hecho público. Me encontraron fiebre. Me pregunté si ya había llegado mi momento. Me aseguraron que solo había sido una pesadilla.

Para sentirme parte de la realidad, quise ver mi sangre. Cuando estuve sola, agarré una aguja de la mesita y me pinché con ella.

—Yo no haría eso si fuera tú.

Me reincorporé. Acostado en el marco de la puerta y vestido como enfermero, estaba Elvan, con su habitual mueca burlesca. Me dieron ganas de toser. Quise decirle «cretino», pero la voz me salió débil. Introdujo ambas manos en sus bolsillos y caminó hacia mí. Estábamos los dos solos. Solo se escuchaban los pitidos de las máquinas médicas.

—Cuando recién me topé con usted, pensé que era otra chica cualquiera, pero luego me pregunté quién ayudaría a una niña que dice muchos disparates… ¿Será porque no los dice? ¿Será porque usted vio también a las criaturas? Solo había dos posibilidades: o era usted alguien como esa niña, o era… Y como yo sé que usted no tiene nada de ningún demonio, entonces…—Hizo una pausa. Ante mi gesto, él siguió hablando—. Yo también debía liberarla a usted, de ese cuerpo suyo en el que está —movió la cabeza, como si estuviera exponiendo una idea magistral—. Tiene que descansar ahora, señorita. Creo que la están esperando.

Pensé en el macabro plan que Elvan seguramente tenía por delante. Mi vista se topó con un par de enfermeras paseando por el pasillo. Nunca fijaron la mirada en él. Una idea me sacudió como un rayo. Ellas no podían verlo.

Allyt entró a mi habitación con expresión decidida, ignorando a Elvan.

—Es mi culpa. Ahora lo sé. Haré todo lo que pueda —sentenció Allyt—. Buscaré a esos señores y ellos harán algo, estoy segura. A ella no le había dicho que el tumor era maligno, se debía de haber enterado. Elvan me miraba fijamente.

—No me debes nada, Allyt —le aseguré.

—Sí lo hago.

Yo no pude creer lo que me estaba diciendo. Después de todo lo que hizo por librarse del demonio, ¿ahora iba a ir a buscarlo?

—Allyt, ni siquiera sabes cómo se llaman, o dónde estaba esa casa. Y está muy lejos.

Allyt se encogió de hombros por un momento muy breve y luego, como si alguien o algo la hubiese poseído, con semblante firme salió de la habitación, seguida de Elvan.

ÚNICO

AHORA MISMO, mientras escribo esta misma línea, miro hacia la puerta de mi cuarto. Es de noche y estoy sola. Allyt debe de estar aún lejos de aquí. Si hay algo que he aprendido en todo el tiempo que compartí con ella, es que hay cosas que ni siquiera su antiguo poder puede resolver. Yo, desde el fondo de mi corazón, siempre supe que esta era una de ellas, y no podría estar más tranquila. Sonrío casi todo el tiempo, con el suave pensamiento de que, si me tengo que ir, quiero que sea de esta manera.

Allyt no me trajo ningún mal. Ella detuvo mi espiral de perdición y me ayudó a ver mi propio y verdadero propósito. No sé qué tanto interés tenga la gente en la vida de una ordinaria joven de ciudad quien decidió escribir sobre sus aventuras, pero no me interesa. El único motivo que me bastó fue el deseo de hacerlo y de paso darle mi regalo a Allyt, el mejor que se me ocurrió.

Escucho la puerta de mi habitación abrirse. Mi corazón da un salto en cuanto veo que es ella, y mis labios se curvan formando una sonrisa. Ella me mira y camina hacia mí, silenciosa, a punto de llorar. Y yo siento mucho sueño, tal vez demasiado. También siento cansancio. Mi lapicero se me resbala de las manos…